MANGECOEUR

LA CHRYSALIDE DIAPRÉE

à Jean et Georges

DESSINS : Jean-Baptiste ANDREAE
SCÉNARIO : Mathieu GALLIÉ

ALLEZ!
OUI... VITE!
TOUT PETIT BENJAMIN, TA MUSIQUE CONTIENT TANT DE DOUCE MÉLANCOLIE ET D'AMOUR PUÉRIL, QU'ELLE NOUS A CONVAINCUS.
MAIS À PRÉSENT, ES-TU SÛR DE VOULOIR QUITTER LE MONDE QUI EST LE TIEN POUR VENIR À JAMAIS VIVRE DANS LE NÔTRE?
OUI! LE MONDE DES ADULTES EST TROP CRUEL, JE N'Y AI PAS MA PLACE.
VOICI DONC UNE BAIE DU GRAND ARBRE MAGIQUE... MANGE-LA, BENJAMIN. ET ALORS NOTRE UNIVERS SERA TIEN!
À BIENTÔT, PETIT ÊTRE DES BOIS... DANS LE PLUS HAUT DES ARBRES SE TIENT NOTRE LOGIS!

VLOOF
THEATRE
DU CHAT QUI VOLE
AINSI, COMME IL L'AVAIT SOUHAITÉ, LA MAGIE DES FÉES TRANSFORMA BENJAMIN EN UN ÊTRE FABULEUX...
ET LE CHAT QUI VOLE S'ENVOLA D'UN COUP D'AILES, LÉGER COMME UNE PLUME QUI TOURBILLONNE DANS LE VENT, ET MONTA À JAMAIS SE PERDRE DANS L'AIR GLACÉ DE LA NUIT.
CLAP CLAP
CLAP
CLAP CLAP
BRAVO
CLAP CLAP
YEE
CLA

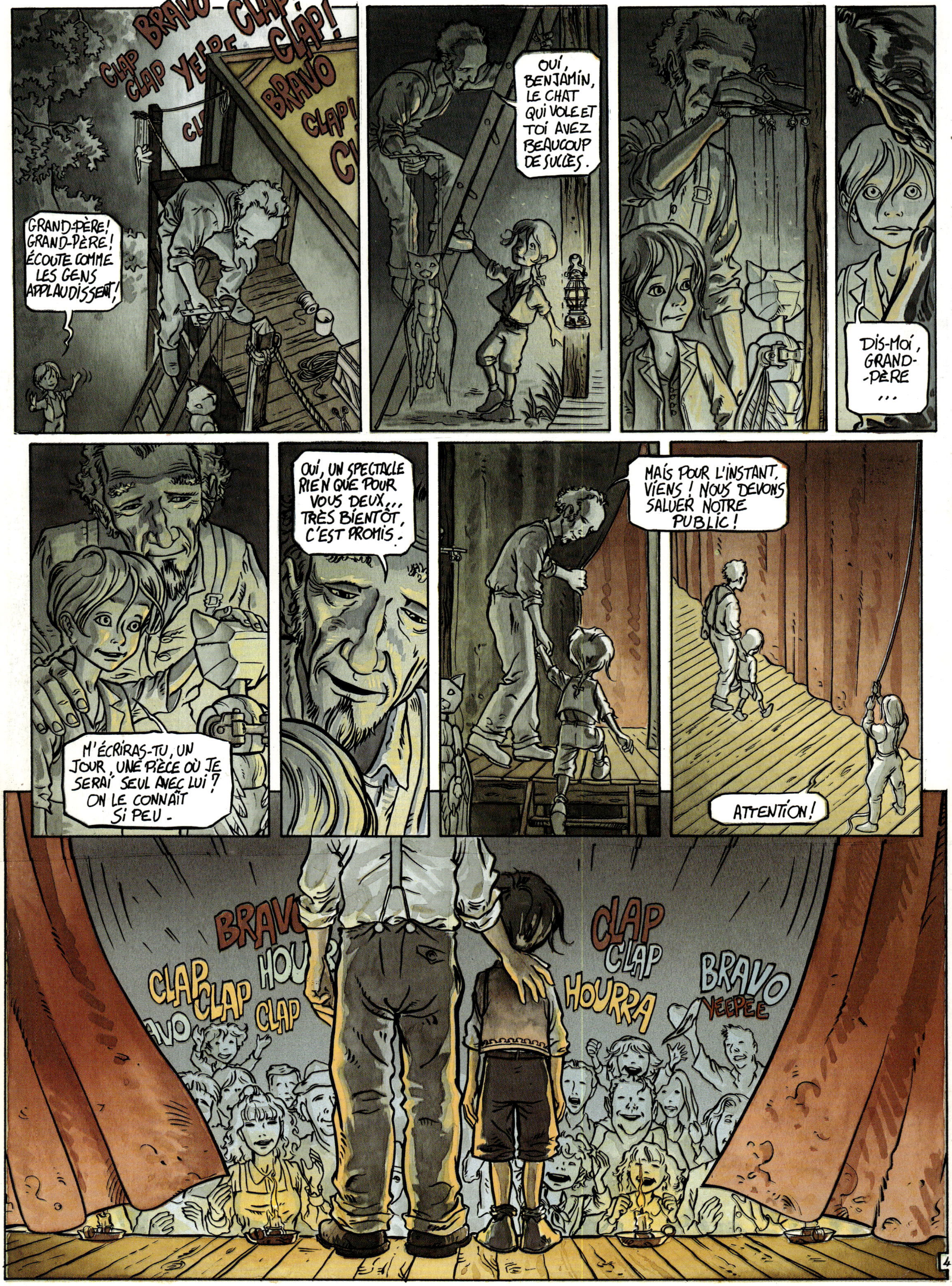

CLAP BRAVO CLAP!
CLAP
CLAP!
BRAVO
CLAP!
GRAND-PÈRE! GRAND-PÈRE! ÉCOUTE COMME LES GENS APPLAUDISSENT!
OUI, BENJAMIN, LE CHAT QUI VOLE ET TOI AVEZ BEAUCOUP DE SUCCÈS.
DIS-MOI, GRAND-PÈRE...
M'ÉCRIRAS-TU, UN JOUR, UNE PIÈCE OÙ JE SERAI SEUL AVEC LUI? ON LE CONNAÎT SI PEU.
OUI, UN SPECTACLE RIEN QUE POUR VOUS DEUX... TRÈS BIENTÔT, C'EST PROMIS.
MAIS POUR L'INSTANT, VIENS! NOUS DEVONS SALUER NOTRE PUBLIC!
ATTENTION!
BRAVO
CLAP CLAP
CLAP
CLAP
CLAP
HOURRA
BRAVO
YEEPEE

CLAP ! CLAP
BRCLAP !
HOURRA !
CLAP
CLA
CLAP CLAP !
BRAVO CLAP !
CLAP !
CLA
BLONK

BON PÈRE
QU'EST-CE QUI NE VA PAS ?! BON PÈRE !!
ALLEZ CHERCHER UN MÉDECIN, VITE ! IL FAUT LE PORTER DANS SON LIT !!
NE RESTE PAS LÀ, BENJAMIN, VA M'ATTENDRE DANS TA ROULOTTE.
CE SOIR-LÀ, GRAND-PÈRE TOMBA SUBITEMENT MALADE.
PAR LA FENÊTRE, JE VIS VENIR UN GROS HOMME...
... QUI REPARTIT UNE HEURE PLUS TARD EN AFFIRMANT QU'IL ALLAIT MOURIR...
... SI ON N'ALLAIT PAS AU PLUS VITE À LA VILLE POUR CHERCHER DES REMÈDES.
MÊME À CHEVAL, C'ÉTAIT UN LONG VOYAGE ; SURTOUT EN PLEINE NUIT.
MAIS MAMAN EST PARTIE EN M'ORDONNANT DE BIEN VEILLER SUR LUI.

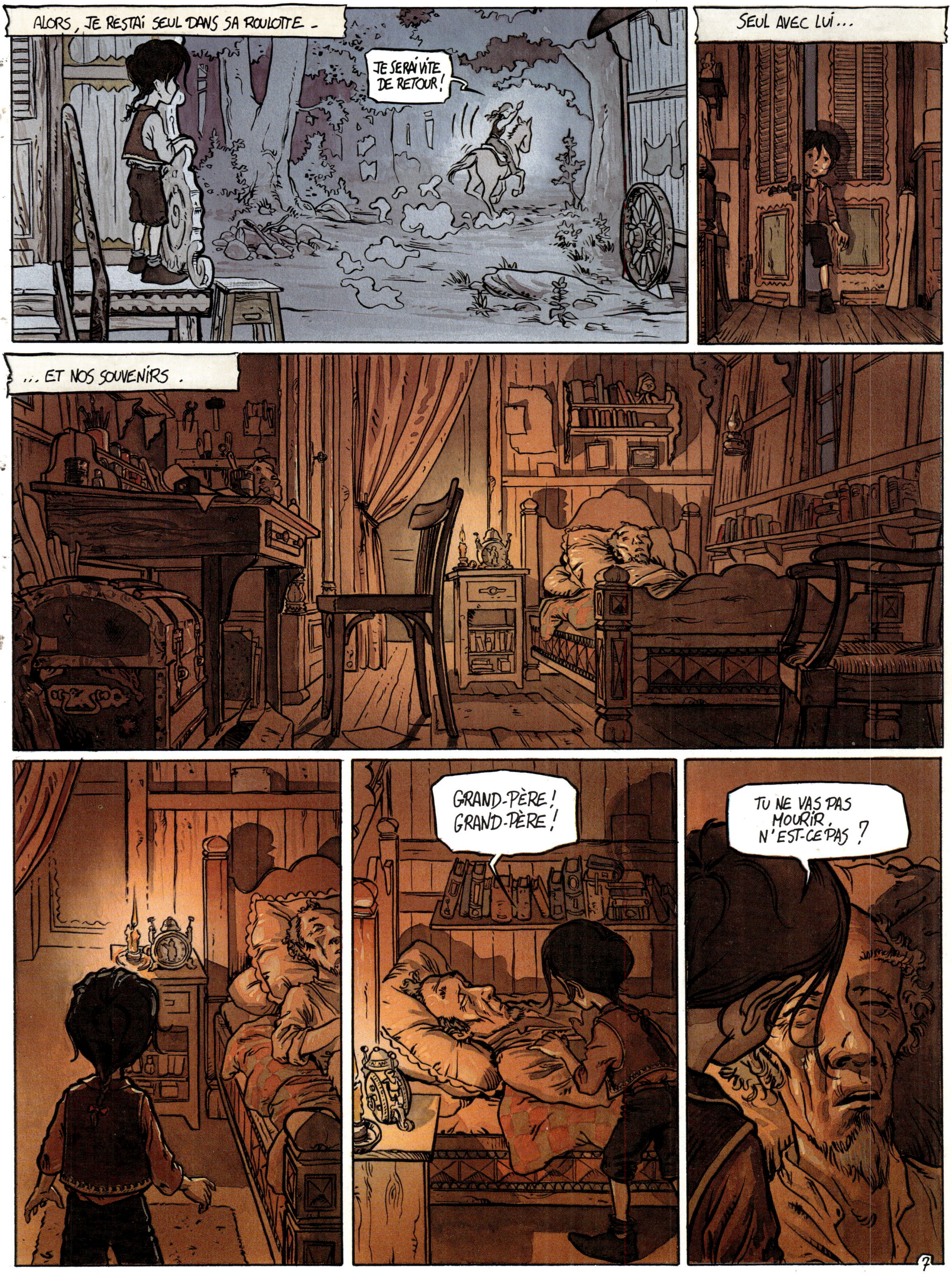
ALORS, JE RESTAI SEUL DANS SA ROULOTTE.
JE SERAI VITE DE RETOUR !
SEUL AVEC LUI...
... ET NOS SOUVENIRS.
GRAND-PÈRE ! GRAND-PÈRE !
TU NE VAS PAS MOURIR, N'EST-CE PAS ?

TU NE PEUX PAS ME LAISSER SEUL, QUE VA DEVENIR NOTRE MONDE MAGIQUE ?
QUI M'INVENTERA DES HISTOIRES, SI TU T'EN VAS ?
S'IL TE PLAÎT !
GRAND-PÈRE !...
GRAND-PÈRE !
GRAND-PÈRE !
OUI BENJAMIN, QU'Y A-T-IL ?
J'AIMERAIS QUE TU ME RACONTES ENCORE UNE DE TES HISTOIRES.
UNE HISTOIRE, BIEN SÛR ! UNE HISTOIRE POUR MON PETIT BENJAMIN.
VEUX-TU QUE JE TE DISE COMMENT J'AI FABRIQUÉ MA PREMIÈRE MARIONNETTE, CELLE DU MYSTÉRIEUX CHAT QUI VOLE ?
OH, OUI ! S'IL TE PLAÎT... RACONTE-MOI CETTE HISTOIRE-LÀ. J'AIMERAIS TANT SAVOIR !

IL Y A BIEN LONGTEMPS, ALORS QUE TU N'ÉTAIS QU'UN TOUT PETIT ENFANT, LE CIRQUE DANS LEQUEL NOUS TRAVAILLIONS FERMA SUBITEMENT SES PORTES.
EN CES TEMPS-LÀ, LES GENS AVAIENT PERDU LE GOÛT DU RIRE... AUSSI CELUI DU RÊVE... MA VIE ELLE-MÊME SEMBLAIT NE PLUS AVOIR DE SENS.
AUSSI UN SOIR, IVRE DE MÉLANCOLIE, JE M'AVENTURAI DANS LA FORÊT EN QUÊTE DE L'OUBLI.
UNE ÉTRANGE FORÊT, DENSE ET MYSTÉRIEUSE...
... AU CŒUR DE LAQUELLE TRÔNAIT UN ARBRE VÉNÉRABLE QUE LES GENS DU PAYS APPELAIENT "L'ARBRE FÉE".

UN ARBRE DONNANT DES FRUITS QUE NUL NE POUVAIT MANGER, DISAIT-ON, SANS ÊTRE TRANSFORMÉ EN UN ÊTRE FABULEUX...
... ELFE, LUTIN, KORRIGAN OU QUELQUE AUTRE ANIMAL INCONNU ET MAGIQUE !
MAIS RIEN NE SE PRODUISIT. LE CIRQUE NE VOULAIT PLUS DE MOI ET LE MONDE MAGIQUE LUI MÊME ME REFUSAIT... ALORS, EN ATTENDANT LA NUIT, JE LAISSAI MES LARMES COULER LE LONG DE MES JOUES.
10

QUAND SOUDAIN...!
CRAK!
?!
CE QUE JE DÉCOUVRIS CE SOIR-LÀ, JE N'EN PARLAI À PERSONNE... PAS MÊME À TA MÈRE... JAMAIS JUSQU'À CET INSTANT.
11

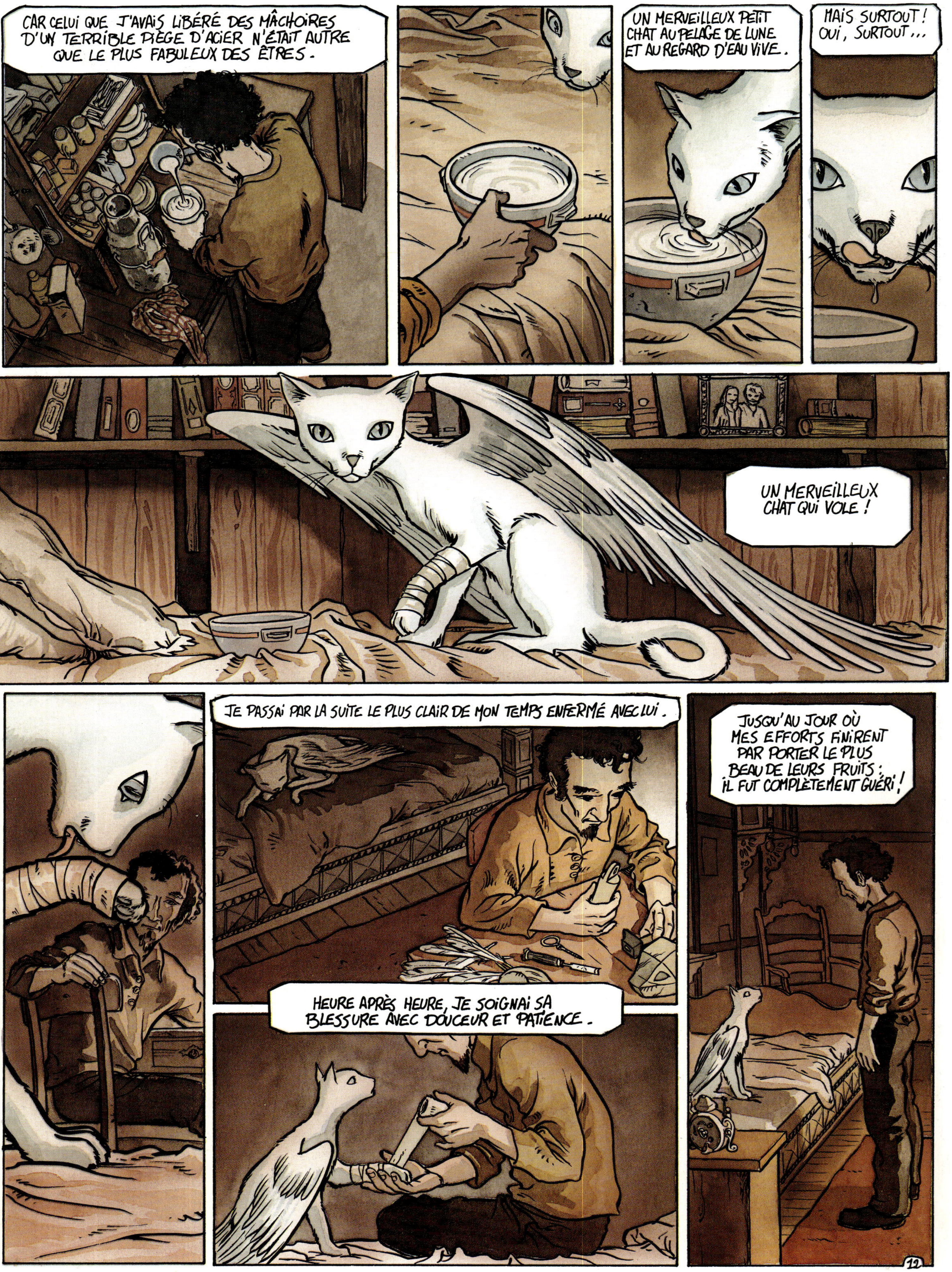
CAR CELUI QUE J'AVAIS LIBÉRÉ DES MÂCHOIRES D'UN TERRIBLE PIÈGE D'ACIER N'ÉTAIT AUTRE QUE LE PLUS FABULEUX DES ÊTRES.
UN MERVEILLEUX PETIT CHAT AU PELAGE DE LUNE ET AU REGARD D'EAU VIVE.
MAIS SURTOUT ! OUI, SURTOUT...
UN MERVEILLEUX CHAT QUI VOLE !
JE PASSAI PAR LA SUITE LE PLUS CLAIR DE MON TEMPS ENFERMÉ AVEC LUI.
HEURE APRÈS HEURE, JE SOIGNAI SA BLESSURE AVEC DOUCEUR ET PATIENCE.
JUSQU'AU JOUR OÙ MES EFFORTS FINIRENT PAR PORTER LE PLUS BEAU DE LEURS FRUITS : IL FUT COMPLÈTEMENT GUÉRI !

ALORS, L'INCROYABLE SE PRODUISIT ! ...
LE CHAT QUI VOLE PARLA, BENJAMIN ! IL PARLA !
COMMENT TE RACONTER CE QUE SES FEULEMENTS M'EXPRIMÈRENT ALORS ? CETTE AURA MYSTÉRIEUSE QUI ENROBAIT SES MOTS ?
IL SAVAIT TOUT DE MOI ET DE MON EXISTENCE... LA MORT DE MON FILS... LA FERMETURE DU CIRQUE... ET TANT DE CHOSES ENCORE !

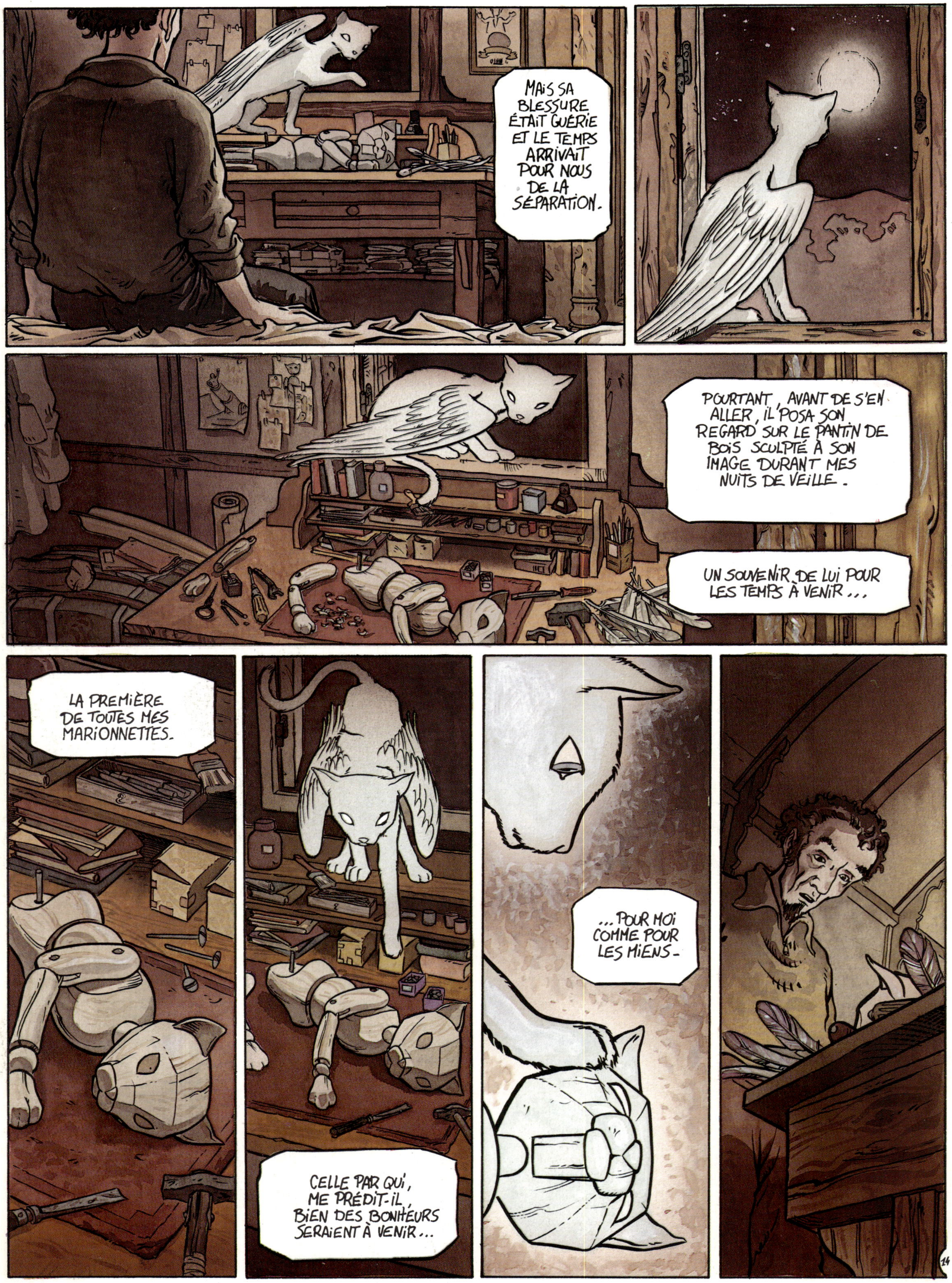
MAIS SA BLESSURE ÉTAIT GUÉRIE ET LE TEMPS ARRIVAIT POUR NOUS DE LA SÉPARATION.
POURTANT, AVANT DE S'EN ALLER, IL POSA SON REGARD SUR LE PANTIN DE BOIS SCULPTÉ À SON IMAGE DURANT MES NUITS DE VEILLE.
UN SOUVENIR DE LUI POUR LES TEMPS À VENIR...
LA PREMIÈRE DE TOUTES MES MARIONNETTES.
CELLE PAR QUI, ME PRÉDIT-IL, BIEN DES BONHEURS SERAIENT À VENIR...
...POUR MOI COMME POUR LES MIENS.

ALORS LA LUNE L'APPELA DE SON CRI SILENCIEUX.
ET AINSI QU'IL EST DIT DANS LE CONTE, LE CHAT QUI VOLE S'ENVOLA D'UN COUP D'AILES ...
... LÉGER COMME UNE PLUME QUI TOURBILLONNE DANS LE VENT, ET MONTA SE PERDRE DANS L'AIR GLACÉ DE LA NUIT.

AINSI JE DÉCIDAI DE CRÉER LE THÉÂTRE DU CHAT QUI VOLE OÙ JE DONNERAIS UN SPECTACLE DE MARIONNETTES ; ET DEPUIS LORS, NOUS NOUS PRODUISONS LE SOIR, DE VILLAGE EN VILLAGE, POUR LE PLAISIR DES GENS.
JE NE SAVAIS PAS !
PERSONNE NE SAIT, C'EST UN SECRET... JUSTE TOI ET MOI.
DIS-MOI, GRAND-PÈRE, UN JOUR, TU M'ÉCRIRAS UN SPECTACLE JUSTE POUR LUI ET MOI ?
OUI, BENJAMIN, JE TE LE PROMETS...
MAIS QUI PEUT SAVOIR QUI DU MANIPULATEUR OU DE LA MARIONNETTE ÉCRIT JAMAIS L'HISTOIRE ?
16

DEPUIS CE JOUR, LE CHAT QUI VOLE ET MOI VIVONS EN RÊVE LES PLUS MERVEILLEUSES AVENTURES.
ENSEMBLE, NOUS NOUS RISQUONS DANS DES ENDROITS OUBLIÉS ET MAGIQUES.
NOUS GRIMPONS TOUT EN HAUT DES GRANDS ARBRES POUR JOUER DANS LE VENT AVEC LES OISEAUX-MOUCHES, LES FÉES MULTICOLORES ET LES PINSONS DE NEIGE.
NOUS FRÔLONS TELS DES OMBRES L'ANTRE DES NOIRS DRAGONS...
... LE COEUR EMPLI D'EFFROI !

NOUS PÉNÉTRONS SOUS LES RACINES DANS LES BOYAUX SECRETS DU ROYAUME LUTIN.
POUR NOUS, S'ORGANISENT EN SES SALLES DES FÊTES INCROYABLES, OÙ DES FARFADETS DANSANTS ET TINTINNABULANTS TIRENT DE LEURS INSTRUMENTS DES NOTES FÉERIQUES.
NOUS VIVONS TOUT CELA ET MILLE AUTRES CHOSES ENCORE.
JUSQU'À CE QUE, LAS DE NOS VAGABONDAGES, JE M'ÉTENDE, INSOUCIANT, SUR DE GRANDS LITS DE MOUSSE ET ME LAISSE BERCER PAR LE CHANT DE LA BRISE AU MILIEU DES FEUILLÉES.
ET LÀ, MON GRAND-PÈRE INVENTE POUR MOI D'AUTRES CONTES, AU-DELÀ DE MON IMAGINAIRE...
18

VERS LESQUELS, MALGRÉ MOI, M'ENTRAINE MON AMI...
PLUS HAUT
TOUJOURS PLUS HAUT...
... VERS LES NUAGES AUX FORMES TORTURÉES OÙ LES VOLUTES BLEUES MÉNAGENT MILLE CACHETTES ...
... OÙ IL MONTE SE PERDRE POUR LUSTRER SON PLUMAGE.
ALORS, POUR GUIDER MON CHEMIN, LE CHAT QUI VOLE M'APPELLE !
IL M'APPELLE !
BENJAMIN !
BENJAMIN !
BENJAMIN !...

BENJAMIN !
GRAND-
-PÈRE ?
BENJAMIN !

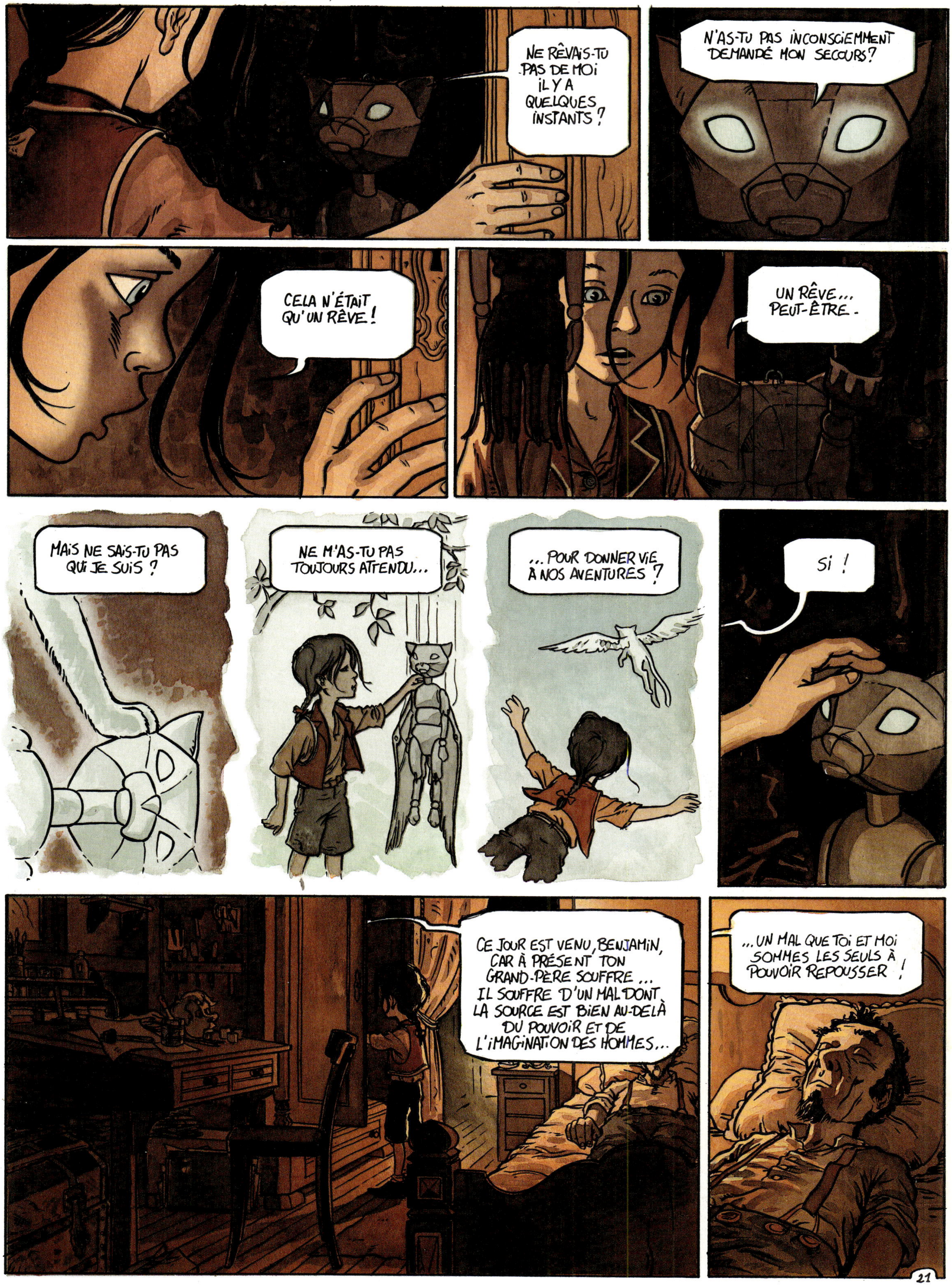
NE RÊVAIS-TU PAS DE MOI IL Y A QUELQUES INSTANTS ?
N'AS-TU PAS INCONSCIEMMENT DEMANDÉ MON SECOURS ?
CELA N'ÉTAIT QU'UN RÊVE !
UN RÊVE... PEUT-ÊTRE.
MAIS NE SAIS-TU PAS QUI JE SUIS ?
NE M'AS-TU PAS TOUJOURS ATTENDU...
...POUR DONNER VIE À NOS AVENTURES ?
SI !
CE JOUR EST VENU, BENJAMIN, CAR À PRÉSENT TON GRAND-PÈRE SOUFFRE... IL SOUFFRE D'UN MAL DONT LA SOURCE EST BIEN AU-DELÀ DU POUVOIR ET DE L'IMAGINATION DES HOMMES...
...UN MAL QUE TOI ET MOI SOMMES LES SEULS À POUVOIR REPOUSSER !

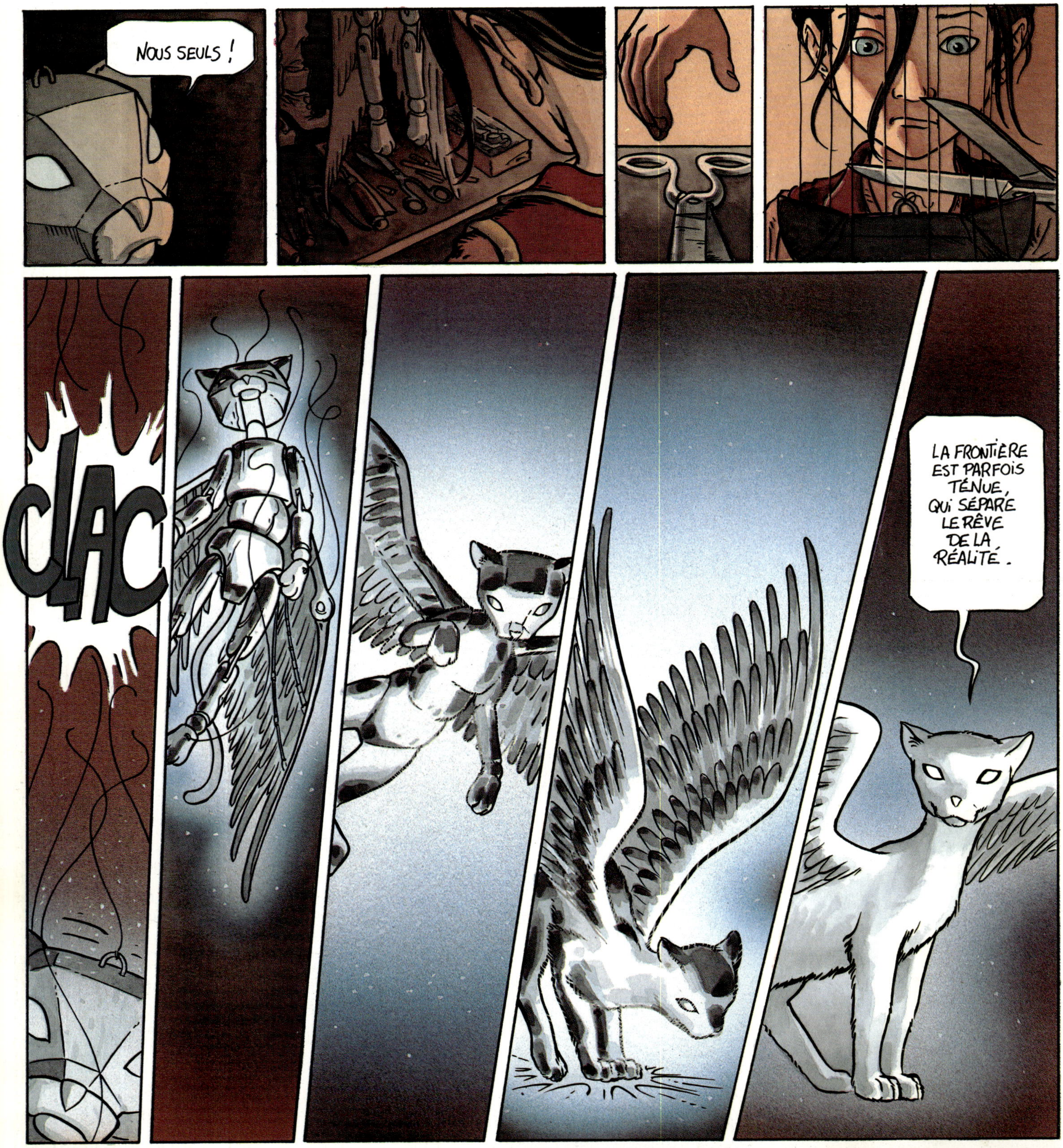
NOUS SEULS !
CLAC
LA FRONTIÈRE EST PARFOIS TÉNUE, QUI SÉPARE LE RÊVE DE LA RÉALITÉ.
IL FAUT SAVOIR LA FRANCHIR !
22

QU'Y A-T-IL ?
C'EST BIEN CE QUE JE PENSAIS. ELLE EST LÀ, BIEN VIVANTE, PRÊTE À SE TRANSFORMER.
DE QUI PARLES-TU ?
DE LA LARVE DU PLUS BEAU ET DU PLUS FUNESTE DE TOUS LES PAPILLONS. UNE LARVE QUI SE TRANSFORME INLASSABLEMENT, ET QUI, À L'ISSUE DE SA MORTELLE MUTATION, CHERCHERA À PRENDRE SON ESSOR.
ALORS TON GRAND-PÈRE MOURRA !
CAR CETTE LARVE EST UNE LARVE DE MANGECŒUR !

TU VOIS, LES PAPILLONS N'ONT PAS PEUR DE NOUS...
TU SAIS POURQUOI ?
PARCE QUE NOUS SOMMES COMME EUX, DES VAGABONDS DU VENT.
NOS CORPS SONT PRIVÉS D'AILES, MAIS NOTRE ESPRIT, LUI...
... NOTRE ESPRIT EST LIBRE !
LIBRE DE MONTER SE PERDRE DANS LA DOUCEUR DE L'ÉTHER...
...OU D'ERRER À JAMAIS SUR LES SENTIERS BRÛLANTS DES RAYONS DU SOLEIL...

OÙ SONT DONC NOS VOYAGES ?
À PRÉSENT, JE SUIS SEUL.
JE SUIS SEUL ET J'AI FROID.
MON COEUR A PERDU SES COULEURS, MON COEUR EST GRIS.
LE MONDE A PRIS LES COULEURS DE MON COEUR.
LE MONDE EST GRIS ...

AS-TU BIEN PRIS CE QUE JE T'AI DEMANDÉ ?
OUI... LA GROSSE CLÉ DORÉE ET LE RÉVEIL DE GRAND-PÈRE.
DANS CE CAS, SUIS-MOI ! IL FAUT SE DÉPÊCHER.
CAR C'EST JUSTE AVANT L'AUBE QUE LES PAPILLONS NAISSENT.
ET LE TEMPS PASSE SI VITE !
HÉ ! ON NE PEUT PAS ALLER LÀ ! GRAND-PÈRE L'INTERDIT... C'EST SA ROULOTTE !...
LES SOUVENIRS NE PEUVENT PAS ÉTERNELLEMENT RESTER ENFERMÉS. UN JOUR OU L'AUTRE, IL FAUT LES PARTAGER.
26

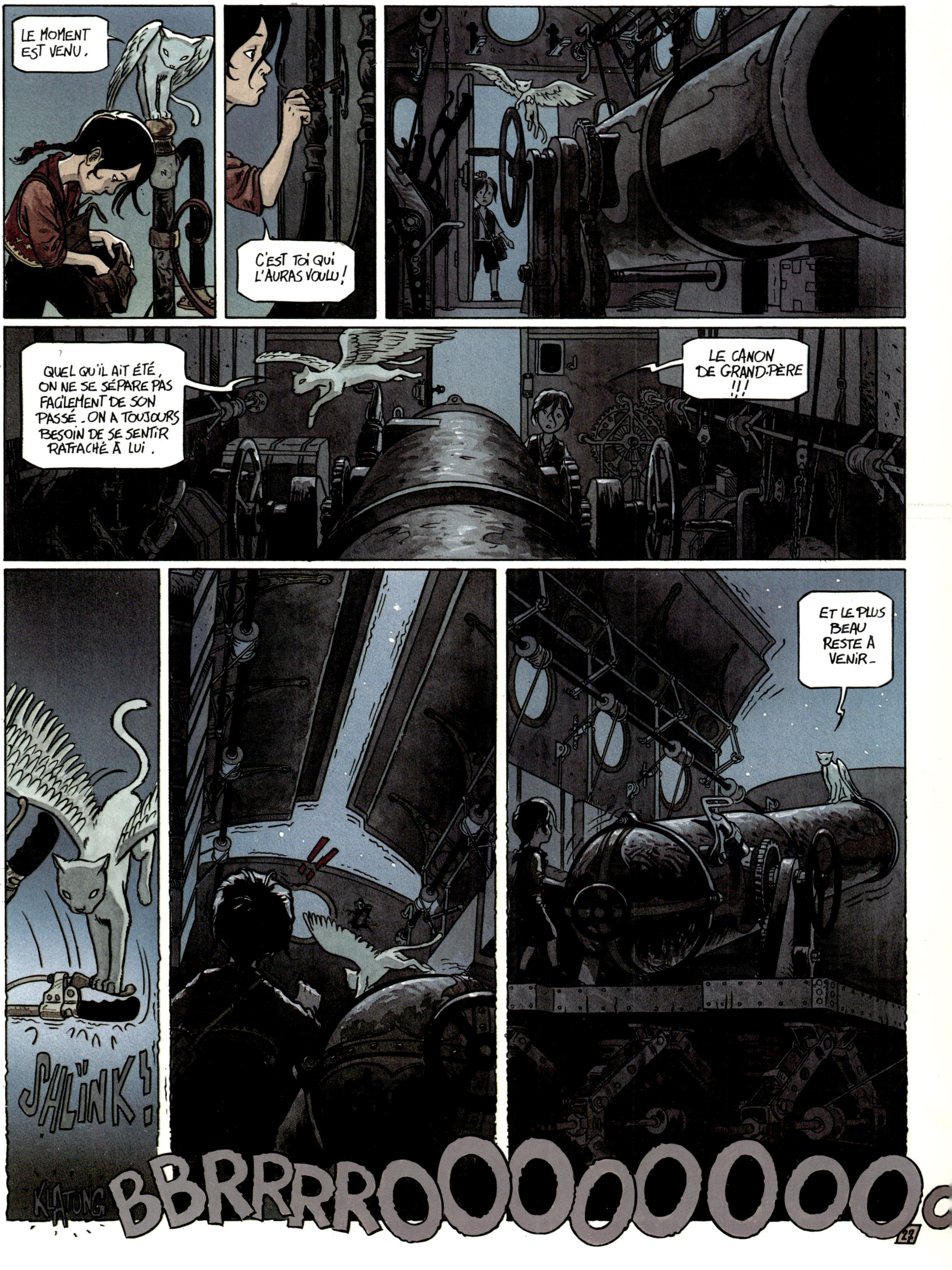
LE MOMENT EST VENU.
C'EST TOI QUI L'AURAS VOULU!
QUEL QU'IL AIT ÉTÉ, ON NE SE SÉPARE PAS FACILEMENT DE SON PASSÉ. ON A TOUJOURS BESOIN DE SE SENTIR RATTACHÉ À LUI.
LE CANON DE GRAND-PÈRE !!!
SHLÏNK!
ET LE PLUS BEAU RESTE À VENIR...
KLATUNG
BBRRRROOOOOOOOOc

REGARDE !
QU'EST-CE ?
UNE FOIRE... LA PLUS GRANDE DE TOUTES.
C'EST LÀ-BAS QU'IL NOUS FAUT ALLER.
LÀ-BAS ?!
LES MANGECOEURS SONT DES ÊTRES TROP FRAGILES POUR VIVRE SEULS EN LIBERTÉ. IL FAUT QUE QUELQU'UN PRENNE SOIN D'EUX.
ILS NE SONT PAS DE SIMPLES PAPILLONS.

ILS SONT NÉS UN JOUR DE L'INFINIE TRISTESSE D'UN HOMME ABANDONNÉ.
À PRÉSENT, CET HOMME EST DISPARU, ON NE SAIT RIEN DE SON DESTIN...
MAIS IL SE PEUT QUE L'UNE OU PLUSIEURS DE SES CRÉATURES LUI AIENT SURVÉCU.
CELLE DONT L'OEUF SE DÉVELOPPE DANS LA POITRINE DE TON GRAND-PÈRE N'A PU S'ENFUIR QUE DE LÀ-BAS : DU QUARTIER DES MONTREURS D'ANIMAUX.
ALORS QUE FAIRE?
ALLER AU PLUS VITE DANS CETTE FOIRE POUR RETROUVER L'ÉLEVEUR DE MANGECOEURS ET LE CONVAINCRE DE NOUS EN CÉDER UN...
...PUIS L'ENFERMER AVANT L'AUBE DANS LA ROULOTTE DE TON GRAND-PÈRE... CES PAPILLONS SONT SENSIBLES ET TRÈS JALOUX DES COULEURS DE LEURS SEMBLABLES.
SENTANT LA PRÉSENCE D'UN ADULTE DE SA RACE, PLUS MÛR ET PLUS BEAU, LA LARVE N'OSERA PAS ÉCLORE... ELLE S'ÉTIOLERA.
MAIS COMMENT SE RENDRE LÀ-BAS?
À L'AIDE DU CANON, BIEN SÛR!

TRAPEZE
CLOWNS
C'EST UN ARGEMME !
REGARDE !
QU'A-T-IL DONC DE SPÉCIAL POUR TANT T'ÉMERVEILLER ?
TRAPE
QUE TU ES SOT ... CE SONT DES PAPILLONS MAGIQUES.
AH ?

ET QU'Y A T IL DANS CE COCON ?
UNE PERLE !
UNE PERLE ?!
PARFOIS LES ARGEMMES S'ENDORMENT ...
ILS SOMBRENT DANS UN SOMMEIL TRÈS PROFOND DURANT LEQUEL ILS TISSENT UNE PELOTE, UNE SORTE DE COCON ...
PUIS, À LEUR RÉVEIL, ILS S'EN VONT ET OUBLIENT.
OUI, UNE PERLE DE NACRE SEMBLABLE À UNE LARME.
SI PAR HASARD TU EN TROUVES UNE, IL FAUT BIEN LA GARDER ... CE SONT LES PERLES DU SONGE ...
... NÉES D'UN RÊVE D'ARGEMME.
POSÉE CONTRE TON COEUR, ELLE ÉLOIGNERA DE TOI TRISTESSE ET MÉLANCOLIE,
ET TOUT AU FOND DE TOI RESTERA À JAMAIS LA DOUCEUR DE L'ENFANCE.
31
AMANDE ...
... EN TE PERDANT, J'AI PERDU MON ENFANCE.

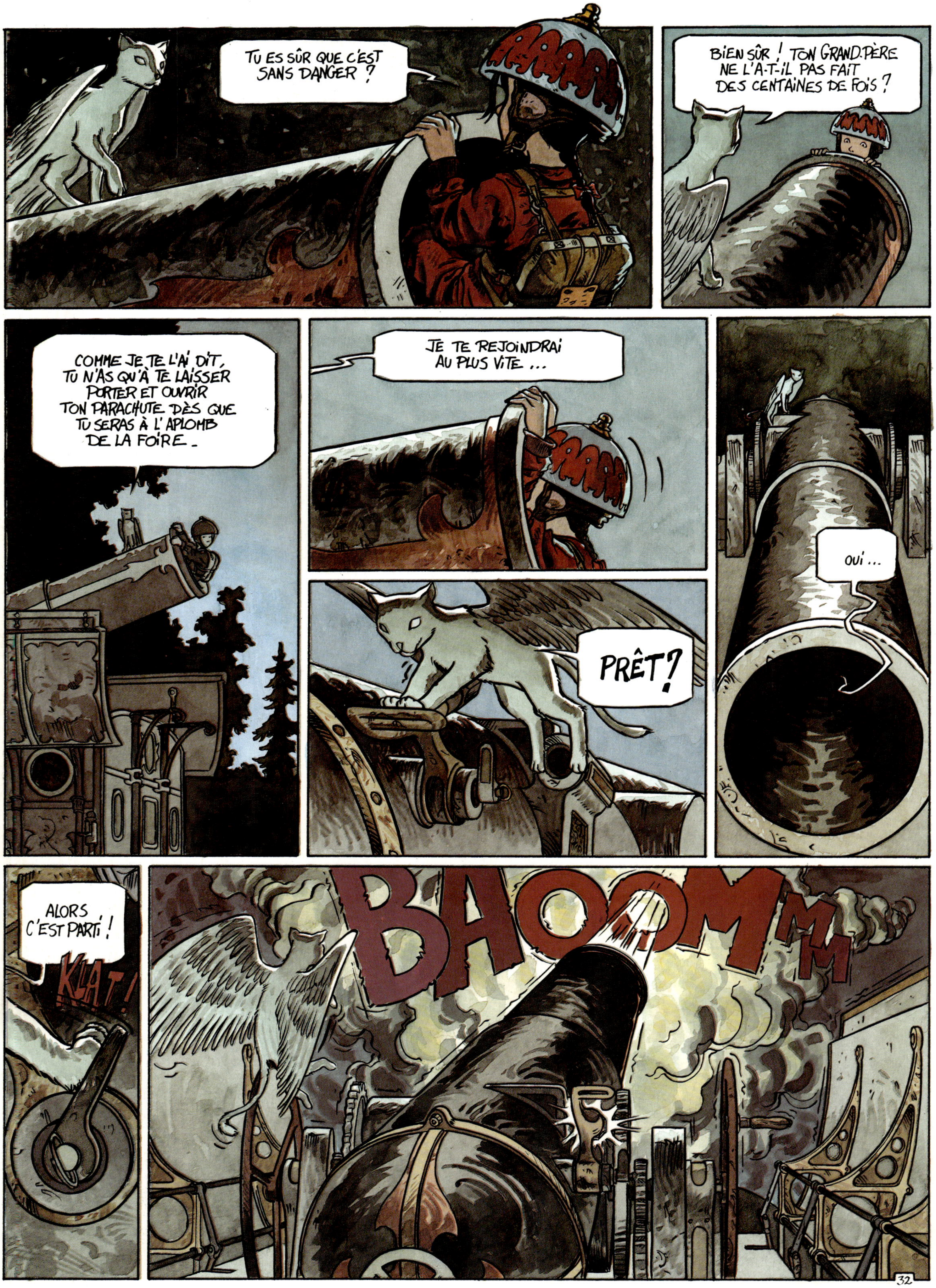

TU ES SÛR QUE C'EST SANS DANGER ?
BIEN SÛR ! TON GRAND-PÈRE NE L'A-T-IL PAS FAIT DES CENTAINES DE FOIS ?
COMME JE TE L'AI DIT, TU N'AS QU'À TE LAISSER PORTER ET OUVRIR TON PARACHUTE DÈS QUE TU SERAS À L'APLOMB DE LA FOIRE.
JE TE REJOINDRAI AU PLUS VITE ...
PRÊT ?
OUI ...
ALORS C'EST PARTI !
KLAT !
BAOOMMM

MAMAN !
MAMAN !
JE VOLE !

CLAC!
VLÔF

?!
J'AI VOLÉ !!!
J'AI VOLÉ !
TU ENTENDS, GRAND-PÈRE ?
J'AI...

UNE NUIT DANS LA PLUS GRANDE DÉBAUCHE D'ATTRACTIONS QUI SOIT AU MONDE !
POUR SEULEMENT 2 SOUS !!!
ET TOUT CECI...
...ICI ET MAINTENANT !!!
?
?
EH BIEN, MON PETIT BOUCHON, POURQUOI CETTE TRISTE FIGURE ?!
C'EST MON RÉVEIL...

TON RÉVEIL ?
MAIS QU'A-T-IL DONC ? IL EST CASSÉ ?
NON, VOUS Y ÊTES DESSUS !
J'Y AI MARCHÉ DESSUS ?!
NON ! LES CLOWNS ICI SONT COMME VOUS -
HO ! HO ! C'EST AMUSANT, NON ? DES CLOWNS QUI ME RESSEMBLENT.
HÉ ! HÉ ! QUEL HASARD, N'EST-CE PAS ?
OH OUI !
MAIS QUE PEUT BIEN VOULOIR NOTRE PETIT BONHOMME ?
JE VOUDRAIS UN TICKET, S'IL VOUS PLAÎT !
38

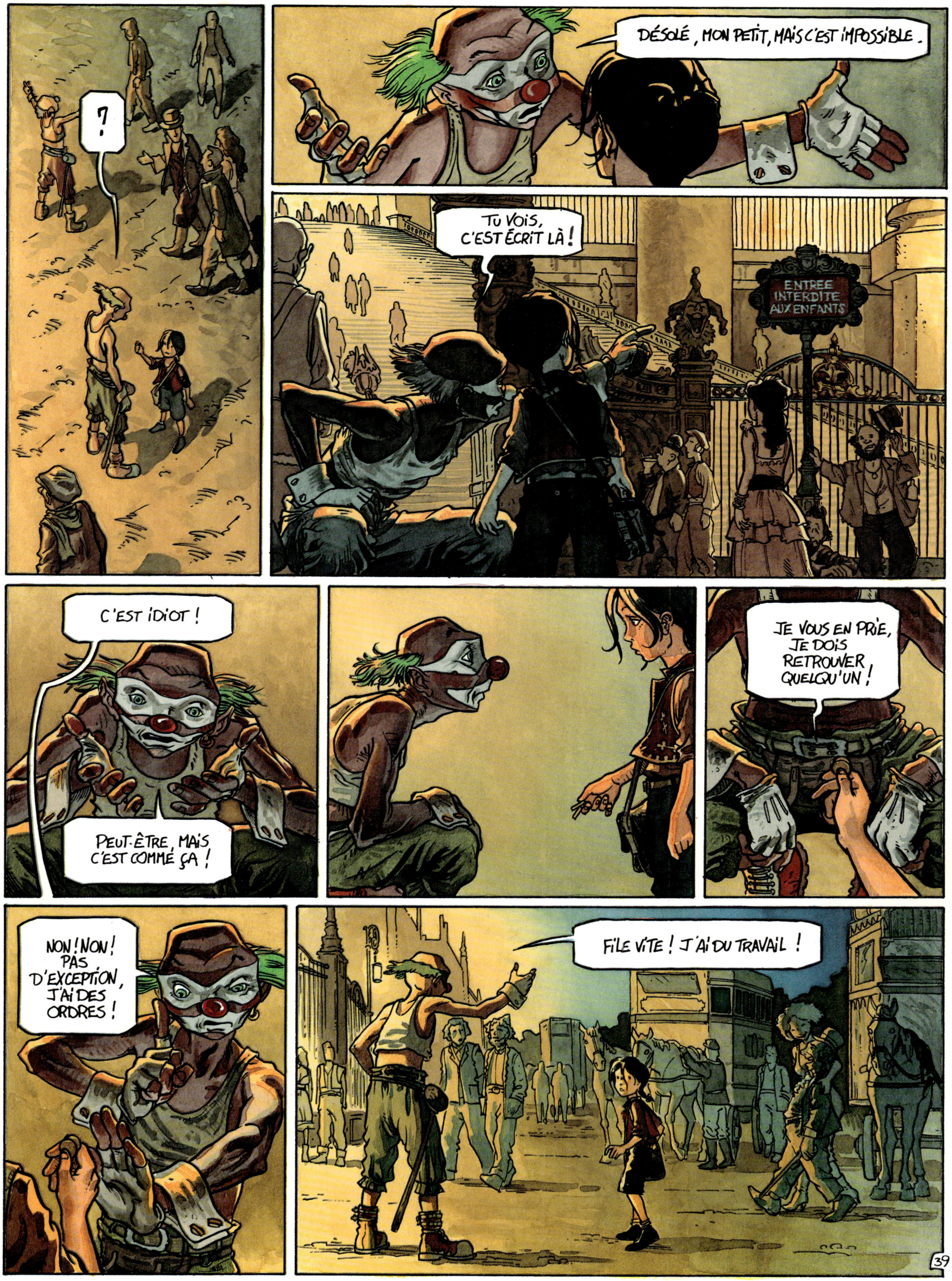
?
DÉSOLÉ, MON PETIT, MAIS C'EST IMPOSSIBLE.
TU VOIS, C'EST ÉCRIT LÀ !
ENTREE INTERDITE AUX ENFANTS
C'EST IDIOT !
PEUT-ÊTRE, MAIS C'EST COMME ÇA !
JE VOUS EN PRIE, JE DOIS RETROUVER QUELQU'UN !
NON ! NON ! PAS D'EXCEPTION, J'AI DES ORDRES !
FILE VITE ! J'AI DU TRAVAIL !

HEY!!!
T'AS PAS COMPRIS ? J'AI DIT, INTERDIT!!!
JE VOUS EN PRIE ... C'EST TRÈS IMPORTANT !
FOUS-MOI LE CAMP OU JE TE COLLE UNE ROUSTE !

ATTENTION, TIC! LA VOILÀ QUI ARRIVE !!!

?
MAIS ?!!
42

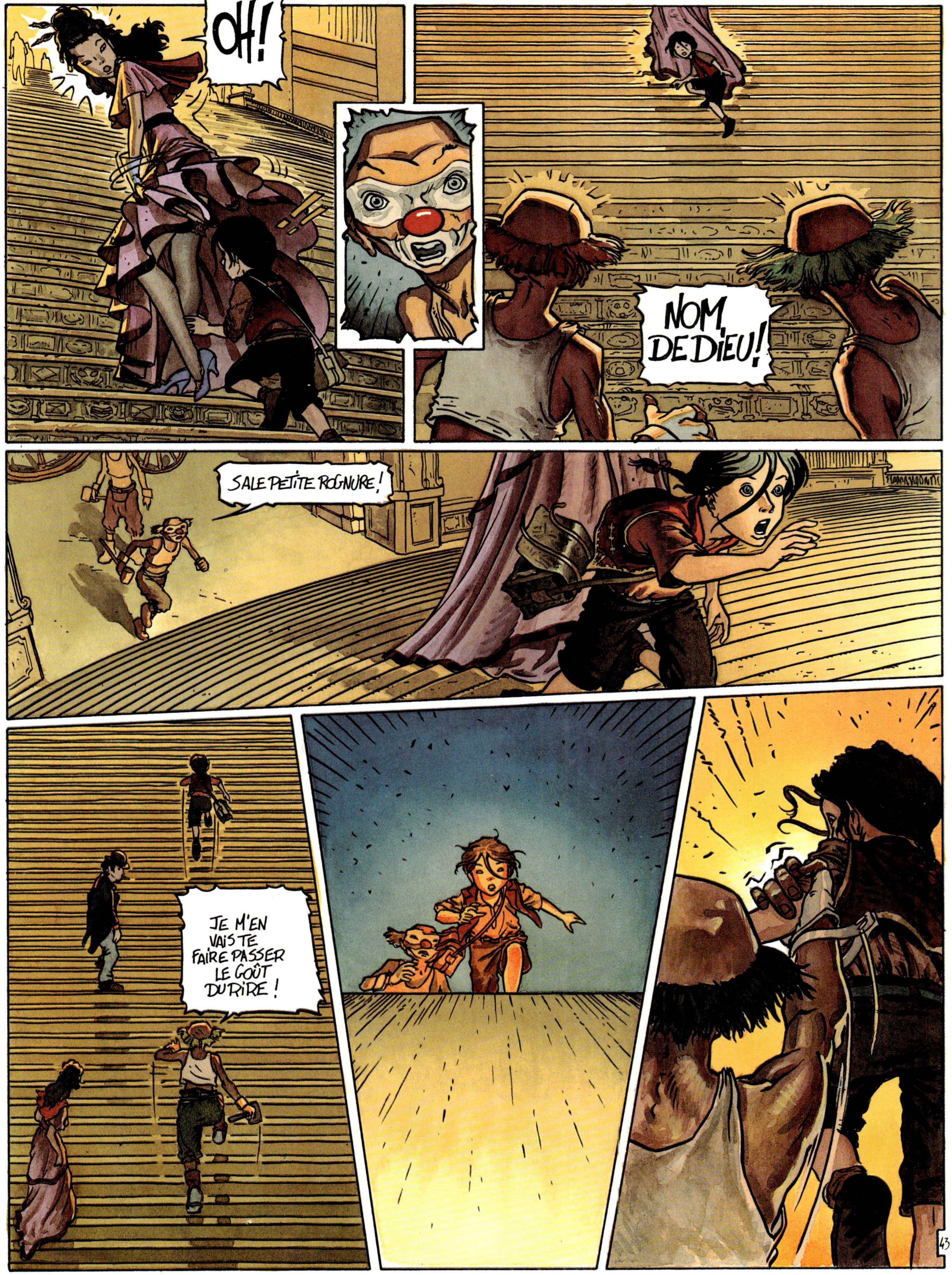
OH!
NOM DE DIEU!
SALE PETITE ROGNURE!
JE M'EN VAIS TE FAIRE PASSER LE GOÛT DU RIRE!

TU VAS TE SOUVENIR DE TA SOIRÉE !
AAAAARHRRR
DÉPÊCHE-TOI, BENJAMIN ! COURS !
?!
AARH... MON VISAGE, MON BEAU VISAGE !
VITE ! L'AUTRE ARRIVE !

CETTE FOIS-CI, JE TE TIENS !
RROOooo

ROLRO
BENJAMIN !!
LE CLOWN A FILÉ À L'ARRIVÉE...
IL T'Y ATTEND DÉJÀ !
TERMINUS

SAUTE !
CRRA
FIN DE L'ÉPISODE...